JEAN DE LA VILLE DE MIRMONT

L'HORIZON CHIMÉRIQUE

POÈMES ORNÉS DE BOIS
GRAVÉS PAR LÉON DUSOUCHET
et publiés par la Société
littéraire de France
10, rue de l'Odéon
A PARIS

M. CM. XX.

L'HORIZON CHIMÉRIQUE

JEAN DE LA VILLE DE MIRMONT

L'HORIZON CHIMÉRIQUE

POÈMES ORNÉS DE BOIS

GRAVÉS PAR LÉON DUSOUCHET
et publiés par la Société
littéraire de France
10, rue de l'Odéon
A PARIS

M. CM. XX.

JEAN

DE LA VILLE DE MIRMONT

MORT POUR LA FRANCE

LE 28 NOVEMBRE 1914

I

L'HORIZON CHIMÉRIQUE

1

I

Je suis né dans un port et depuis mon enfance
J'ai vu passer par là des pays bien divers.
Attentif à la brise et toujours en partance,
Mon cœur n'a jamais pris le chemin de la mer.

Je connais tous les noms des agrès et des mâts,
La nostalgie et les jurons des capitaines,
Le tonnage et le fret des vaisseaux qui reviennent
Et le sort des vaisseaux qui ne reviendront pas.

Je présume le temps qu'il fera dès l'aurore,
La vitesse du vent et l'orage certain,
Car mon âme est un peu celle des sémaphores,
Des balises, leurs sœurs, et des phares éteints.

Les ports ont un parfum dangereux pour les hommes
Et si mon cœur est faible et las devant l'effort,
S'il préfère dormir dans de lointains aromes,
Mon Dieu, vous le vouliez, je suis né dans un port.

II

Par l'appel souriant de sa claire étendue
Et les feux agités de ses miroirs dansants,
La mer, magicienne éblouissante et nue,
Éveille aux grands espoirs les cœurs adolescents.

Pour tenter de la fuir leur effort est stérile ;
Les moins aventureux deviennent ses amants,
Et, dès lors, un regret éternel les exile,
Car l'on ne guérit point de ses embrassements.

C'est elle, la première, en ouvrant sa ceinture
D'écume, qui m'offrit son amour dangereux
Dont mon âme a gardé pour toujours la brûlure
Et dont j'ai conservé le reflet dans mes yeux.

III

Quel caprice insensé de tes désirs nomades,
Mon cœur, ô toi mon cœur qui devrais être las,
Te fait encore ouvrir la voile au vent des rades
Où ton plus fol amour naguère appareilla ?

Tu sais bien qu'au lointain des mers aventureuses
Il n'est point de pays qui vaille ton essor,
Et que l'horizon morne où la vague se creuse
N'a d'autres pélerins que les oiseaux du Nord.

Tu ne trouverais plus à la fin de ta course
L'île vierge à laquelle aspirent tes ennuis.
Des pirates en ont empoisonné les sources,
Incendié les bois et dévoré les fruits.

Voyageur, voyageur, abandonne aux orages
Ceux qui n'ont pas connu l'amertume des eaux.
Sache borner ton rêve à suivre du rivage
L'éphémère sillon que tracent les vaisseaux.

IV

Le ciel incandescent d'un million d'étoiles
Palpite sur mon front d'enfant extasié.
Le feu glacé des nuits s'infuse dans mes moelles
Et je me sens grandir comme un divin brasier.

Les parfums de juillet brûlent dans le silence
D'une trop vaste et trop puissante volupté.
Vers l'azur ébloui, comme un oiseau, s'élance,
En des battements fous, mon cœur ivre d'été.

Que m'importe, à présent, que la terre soit ronde
Et que l'homme y demeure à jamais sans espoir ?
Oui, j'ai compris pourquoi l'on a créé le monde ;
C'était pour mon plaisir exubérant d'un soir !

V

Vaisseaux, nous vous aurons aimés en pure perte ;
Le dernier de vous tous est parti sur la mer.
Le couchant emporta tant de voiles ouvertes
Que ce port et mon cœur sont à jamais déserts.

La mer vous a rendus à votre destinée,
Au delà du rivage où s'arrêtent nos pas.
Nous ne pouvions garder vos âmes enchaînées ;
Il vous faut des lointains que je ne connais pas.

Je suis de ceux dont les désirs sont sur la terre.
Le souffle qui vous grise emplit mon cœur d'effroi.
Mais votre appel, au fond des soirs, me désespère,
Car j'ai de grands départs inassouvis en moi.

VI

Vaisseaux des ports, steamers à l'ancre, j'ai compris
Le cri plaintif de vos sirènes dans les rades.
Sur votre proue et dans mes yeux il est écrit
Que l'ennui restera notre vieux camarade.

Vous le porterez loin sous de plus beaux soleils
Et vous le bercerez de l'équateur au pôle.
Il sera près de moi, toujours. Dès mon réveil,
Je sentirai peser sa main sur mon épaule.

Assis à votre bord, éternel passager,
Il se réfléchira sur les mers transparentes,
Dans le déroulement d'une fumée errante,
Parmi les pavillons et les oiseaux légers,

L'ennui, seul confident de nos âmes parentes.

VII

Le vent de l'océan siffle à travers les portes
Et secoue au jardin les arbres effeuillés.
La voix qui vient des mers lointaines est plus forte
Que le bruit de mon cœur qui s'attarde à veiller.

O souffle large dont s'emplissent les voilures,
Souffle humide d'embrun et brûlant de salure,
O souffle qui grandis et recourbes les flots
Et chasses la fumée, au loin, des paquebots !
Tu disperses aussi mes secrètes pensées,
Et détournes mon cœur de ses douleurs passées.
L'imaginaire mal que je croyais en moi
N'ose plus s'avouer auprès de ce vent froid
Qui creuse dans la mer et tourmente les bois.

VIII

Toi qui te connais mal et que les autres n'aiment
Qu'en de vains ornements qui ne sont pas toi-même,
Afin que ta beauté natale ne se fane,
Mon âme, pare-toi comme une courtisane.

Lorsque reviendra l'ombre et que tu seras nue,
Seule devant la nuit qui t'aura reconnue
Et loin de la cité dont la rumeur t'offense,
Tu te retrouveras pareille à ton enfance,

Mon âme, sœur des soirs, amante du silence.

IX

O la pluie ! O le vent ! O les vieilles années !
Dernier baiser furtif d'une saison qui meurt
Et premiers feux de bois au fond des cheminées !
L'hiver est installé, sans sursis, dans mon cœur.

Vous voilà de retour, mes pâles bien-aimées,
Heures de solitude et de morne labeur,
Fidèles aux lueurs des lampes allumées
Parmi le calme oubli de l'humaine rumeur.

Un instant, j'ai pensé que la plus fière joie
Eût été de m'enfuir, comme un aigle s'éploie,
Au lointain rouge encor des soleils révolus

Et j'enviais le sort des oiseaux de passage.
Mais mon âme s'apaise et redevient plus sage,
Songeant que votre amour ne me quittera plus.

X

Mon désir a suivi la route des steamers
Qui labourent les flots d'une proue obstinée
Dans leur hâte d'atteindre à l'horizon des mers
Où ne persiste d'eux qu'une vaine fumée.

Longtemps il s'attarda, compagnon des voiliers
Indolents et déchus, qu'un souffle d'aventure
Ranime par instants en faisant osciller
Le fragile appareil de leur haute mâture.

Mais la nuit vient trop vite et ne me laisse plus,
Pour consoler encor mon âme à jamais lasse,
Que les cris de dispute et les chants éperdus
Des marins enivrés dans les auberges basses.

XI

Diane, Sélénê, lune de beau métal,
Qui reflètes vers nous, par ta face déserte,
Dans l'immortel ennui du calme sidéral,
Le regret d'un soleil dont nous pleurons la perte.

O lune, je t'en veux de ta limpidité
Injurieuse au trouble vain des pauvres âmes,
Et mon cœur, toujours las et toujours agité,
Aspire vers la paix de ta nocturne flamme.

XII

Novembres pluvieux, tristes au bord des fleuves
Qui ne reflètent plus le mirage mouvant
Des nuages au ciel, des arbres dans le vent,
Ni l'aveuglant soleil dont nos âmes sont veuves,

Faut-il que notre exil sous vos froides clartés
Ne conserve d'espoir que le peu que nous laisse
Le cri des trains de nuit qui sifflent leur détresse,
Quand les rêves sont morts dans les grandes cités ?

XIII

La mer est infinie et mes rêves sont fous.
La mer chante au soleil en battant les falaises
Et mes rêves légers ne se sentent plus d'aise
De danser sur la mer comme des oiseaux soûls.

Le vaste mouvement des vagues les emporte,
La brise les agite et les roule en ses plis ;
Jouant dans le sillage, ils feront une escorte
Aux vaisseaux que mon cœur dans leur fuite a suivis.

Ivres d'air et de sel et brûlés par l'écume
De la mer qui console et qui lave des pleurs,
Ils connaîtront le large et sa bonne amertume ;
Les goëlands perdus les prendront pour des leurs.

XIV

Je me suis embarqué sur un vaisseau qui danse
Et roule bord sur bord et tangue et se balance.
Mes pieds ont oublié la terre et ses chemins ;
Les vagues souples m'ont appris d'autres cadences
Plus belles que le rythme las des chants humains.

A vivre parmi vous, hélas ! avais-je une âme ?
Mes frères, j'ai souffert sur tous vos continents.
Je ne veux que la mer, je ne veux que le vent
Pour me bercer, comme un enfant, au creux des lames.

Hors du port qui n'est plus qu'une image effacée,
Les larmes du départ ne brûlent plus mes yeux.
Je ne me souviens pas de mes derniers adieux....
O ma peine, ma peine, où vous ai-je laissée ?

Voilà ! Je suis parti, plus loin que les Antilles,
Vers des pays nouveaux, lumineux et subtils.
Je n'emporte avec moi, pour toute pacotille,
Que mon cœur... Mais les sauvages, en voudront-ils ?

II

JEUX

I

O mes moulins à vent, ô mes vaisseaux à voiles,
Qu'est-ce que l'on a fait de vos âmes de toile ?
Que reste-t-il de vous, hors ces tristes pontons,
Mes frégates, mes avisos et mes corvettes ?
A quel souffle divin, vieux moulins, vous voit-on
Tourner comme ici-bas dans le ciel où vous êtes ?

On a tué bien trop de choses que j'aimais,
Desquelles c'est fini, maintenant, à jamais.
Le « mare ignotum » des vieilles mappemondes
Hante encor mon esprit à travers tous les temps.
Je songe à des marins sur les mers du levant
Qui voguaient sans savoir que la terre était ronde.

Je regrette des paysages de coteaux
Aux fleuves traversés par des ponts à dos d'âne.
La route poudroyait, comme disait sœur Anne ;
Les moulins agitaient leurs quatre bras égaux.
Qu'est-ce que l'on a fait de vos âmes de toile,
O mes moulins à vent, ô mes vaisseaux à voiles?

II

Par un soir de brouillard, en un faubourg du nord,
Où j'allais, promenant mon cœur noyé de pluie,
J'ai vu, dans une auberge basse du vieux port,
Danser les matelots de la Belle-Julie.

Le timonier portait sur son épaule droite,
Exotique et siffleur, un grand perroquet vert.
Du maître d'équipage au cuisinier qui boite,
Tous gardaient, dans leur pas, le rythme de la mer.

Et déjà gris de stout, de rhum et de genièvre,
Les plus jeunes, longtemps sevrés de tels festins,
Écrasaient en dansant des baisers sur les lèvres
Des filles dont le cœur est tendre aux pilotins.

Aux accents du trombone et de l'accordéon,
Leurs talons, à grand bruit, soulevaient la poussière.
Mais le mousse, natif de Saint-Pol-de-Léon,
Ivre-mort, récitait gravement ses prières.

III

Le cœur lourd de cuisine à l'huile et de piments,
Matéo de Corfou, né d'une mulâtresse
Et d'un prince espagnol parjure à son serment,
Avec grâce étirait sa natale paresse.

Un roulis insensible agitait faiblement
Le hamac du forban dont la pâleur traîtresse,
La bouche insidieuse et le regard qui ment
Firent périr d'amour tant de nobles maîtresses.

Tandis qu'assis en rond ou couchés sur le dos
Les hommes profitaient d'un instant de repos
Pour cuver, çà et là, leurs infernales drogues,

Et qu'un tout jeune esclave au teint de cuivre clair
Qui regardait sans voir par un sabord ouvert
Pleurait en évoquant des lacs et des pirogues.

IV

Lorsque je t'ai connue aux Iles de la Sonde,
Ton sourire, ma sœur, était noir de bétel...
Depuis, deux ou trois fois, j'ai fait le tour du monde,
Et je me suis guéri de tout amour mortel.

Matelot jovial aux mouvements pleins d'aise,
Et très fier, je portais, d'un torse avantageux,
La vareuse gros bleu de la marine anglaise.
Enfant, ta passion fut un terrible jeu.

Quand je resonge encore aux nuits de Malaisie,
Je pardonne à ton cœur ardent qui me brava.
Car pourrais-je oublier de quelle fantaisie
Tu grisas mon ennui sous le ciel de Java,

Jusqu'à l'instant fatal où mon rival mulâtre
Me frappa dans le dos, un soir, avec son kriss?
Mais le Seigneur plaça, dans ma vie idolâtre,
Un Chinois converti qui me parla du Christ.

C'est lui qui m'a conduit, par des chemins austères,
A mériter ma place au nombre des élus
En semant le bon grain parmi toute la terre
Comme simple soldat dans l'Armée-du-Salut.

V

L'oiseau de paradis, l'ibis, le flamant rose,
Le choucas, le toucan, la pie et le pivert,
Éployant tour à tour leurs plumages divers,
Volètent sur mon cœur mais jamais ne s'y posent.

La tubéreuse, la pivoine et le jasmin,
Le lotus de Judée et le lys de l'Euphrate,
Les plus étranges fleurs et les plus disparates,
Sous mon regard désenchanté fanent en vain.

Je m'ennuie à mourir et ma dernière amante,
Viviane, la fée aux yeux couleur d'espoir,
Périrait sous les coups de mes esclaves noirs,
Sans distraire un instant le mal qui me tourmente.

VI

Je porte au gros orteil un anneau d'or massif,
Qui me vient de mon père à qui l'avait légué
Un vieillard de grand sens mais par trop primitif,
Son oncle maternel, marchand de papegais.

Je porte, sur le ventre, un tatouage obscène
Qu'y grava, par ennui, dans l'Arabie Heureuse,
L'esclave préférée, insouciante et vaine,
D'un calife éminent et d'humeur scrupuleuse.

Je porte dans le dos, à la hauteur des reins,
La marque rouge encor d'un coup de boummerang,
Outrage inexcusable et grossier à dessein
D'un papou, qui d'ailleurs le paya de son sang.

Mais je porte en mon cœur, à l'abri des atteintes
Du temps et de l'oubli, le souvenir futile
D'une créole de Saint-Pierre aux lèvres peintes
Dont les baisers grisaient comme le vin des Iles.

VII

Vous pouvez lire, au tome trois de mes Mémoires,
Comment, pendant quinze ans captif chez les Papous,
J'eus pour maître un monarque exigeant après boire
Qu'au son des instruments on lui cherchât ses poux.

Mais j'omis à dessein, en narrant cette histoire,
Plusieurs détails touchant l'Infante Laïtou,
Fille royale au sein d'ébène, aux dents d'ivoire,
Dont la grâce rendit mon servage plus doux.

Depuis que les échos des Nouvelles-Hébrides,
Qui répétaient les cris de nos amours hybrides,
Terrifiant, la nuit, les marins naufragés,

S'éteignirent au creux des rivages sonores,
Laïtou, Laïtou, te souvient-il encore
Du seul de tes amants que tu n'aies point mangé ?

VŒU

Le cœur brûlé par tous les tabacs de la terre
Et mal guéri d'amours nocives et d'alcools,
Je ne désire plus qu'un endroit solitaire
Pour finir mes vieux jours, paisible et sans faux col,

Le long des quais déserts d'un petit port marchand
Où j'attendrai la mort avec une âme sage,
En voyant, chaque soir, s'endormir au couchant
Le soleil, à travers des mâts et des cordages.

VIII

Si je contemple le plafond
Avec tant de mélancolie,
Gentlemen, avouerai-je, au fond,
Le motif de ma rêverie ?

Lorsque j'ai bu trois carafons
De gin, de rhum et d'eau-de-vie,
Goddam ! tous ces alcools me font
Songer à la mère patrie....

J'en partis à vingt ans à peine,
Pour acheter du bois d'ébène
Sur la côte des Somalis.

Négrier plus qu'aux trois quarts ivre
(En vérité je vous le dis),
J'ai gardé tout mon savoir-vivre.

III

ATTITUDES

I

Comme Tycho-Brahé qui cherchait des planètes,
Nous n'élevons les yeux que vers les nuits d'été
Pour garder à jamais notre âme et nos mains nettes
Des vulgaires soucis de notre humanité.

Arborant le regard lointain des astrologues
Qui butent aux pavés et tombent dans les puits,
Nous passons, dédaigneux des abois de vos dogues,
Et jaloux du secret d'un immortel ennui.

Le bouton de corail des mandarins insignes
Offre peu de valeur et n'a point de vertu
Auprès du fatidique et plus étrange signe
Que nous portons, brodé sur nos chapeaux pointus.

Et lorsque nous dansons, au sommet des collines,
Autour des feux de joie où nous brûlons nos morts,
Les moins sots d'entre nous, sans comprendre, s'inclinent,
Nous estimant très grands, très puissants et très forts.

II

Dire qu'il nous faudra vivre parmi ces gens,
Toujours ! Et pas moyen de rester solitaires !
— Pourtant, ils ont leur façon d'être intelligents,
Lorsqu'ils ne disent rien ou bien parlent d'affaires.

Nous étions nés, je crois, pour toute autre planète ;
Mais nul ne l'a compris. Et Dieu, qu'y pouvait-il ?
La terre sans amour de ces hommes honnêtes
Donne fort peu de joie à notre cœur subtil.

O cafés, bridge à trois ! Lorsque nous serons morts,
Ce sera bien plus grave et pour de bon, nous autres !
En attendant, vivons et semblons jusqu'alors
Ridicules, avec nos manières d'apôtres.

Allons ! Faisons les fous, car c'est notre sagesse.
Notre raison ne peut ressembler à la leur,
Et notre âme, si vers leur âme elle s'abaisse,
Dans leurs pauvres plaisirs ne trouve que des pleurs.

III

Gens de bien, vertueux et probes,
Vous, les honnêtes, les prudents,
Qui ne montrez jamais les dents,
Gens d'honneur, d'épée ou de robe,

Gens de bourse et vous gens de loi,
Hommes, enfin, qu'on dit nos frères,
Gardez — nous n'en avons que faire —
Vos sentiments de bon aloi.

Que nous importent vos scrupules,
Et vos soucis et vos tracas ?
Nous ne mettrons jamais nos pas
Dans vos empreintes ridicules !

Car, aux Mèdes anciens pareils,
Nous ne croyons qu'à l'impossible,
Et nous avons choisi pour cible
Le disque rouge du soleil !

IV

Quand les bureaux et les usines
Par le peuple sont désertés,
Et que Paris semble en gésine
D'une trop vaste humanité,

Alors que l'homme au rire bête
Et son épouse aux airs penchés
Croient égayer ce jour de fête
Parce qu'ils sont endimanchés,

Mon âme, loin des foules grises,
Dont le tumulte est odieux,
Se recueille, avant tout éprise
De la solitude des dieux.

Sur le monde fermant la porte
Et tisonnant mon poêle éteint,
Je rêve à des planètes mortes
Comme à des paradis lointains.

V

En voyant leurs fronts
Dégarnis au faîte,
Les gens au courant
Les disent poètes.

Leurs yeux, qui sont faits
Pour d'autres lumières,
Dans notre jour faux
Clignent des paupières.

Marchant de travers
Au milieu des places,
Ils vont au hasard
Dans la populace.

Leur âme gardant
La blancheur des oies,
Ils disent pardon
Lorsqu'on les coudoie.

Toujours indulgents
A qui les offense,
On les croit déjà
Tombés en enfance.

Ils portent des cœurs
Plus grands que nature ;
On n'a pas encor
Trouvé leur pointure.

VI

Nous ne sommes pas méchants
(On peut l'avouer sans pose),
Nous sommes de pauvres gens;
Ce n'est pas la même chose!

Sans oser prétendre à tant
Que de voir la vie en rose,
Nous nous estimons contents
Avec si, si peu de chose!

Ni les ors, ni les argents,
Ni les objets qu'on expose
Aux vitrines des marchands,
Ne nous disent quelque chose.

Mais qu'un verre de vin blanc
Réchauffe notre chlorose
Et nous allons, titubants,
Insoucieux d'autre chose!

VII

Si j'étais gabarre ou chaland
Au bout d'une corde qui grince,
    Beau fleuve lent,
Je descendrais vers tes provinces.

Si j'étais un noyé tranquille,
Je m'en irais entre deux eaux,
    Cherchant quelque île
Où m'endormir dans les roseaux.

Peuplier de la Caroline,
Je répandrais d'un geste doux
    Mon ombre fine
Sur les flots plats et sans remous.

Rayon de lune ou feuille morte,
Je voudrais, léger et dansant,
    Que tu m'emportes
Voir d'autres pays en passant.

Mais que suis-je, sinon poète
(Autant dire un cœur plein d'ennuis),
Ma cigarette
M'éclairant seule dans la nuit?

MADRIGAL

Je crois trouver en vous, Madame, l'étrangère
Qu'il nous faut éviter selon les livres saints,
Et dans vos yeux trop grands que leur cerne exagère
Je n'ose présumer que de vénals desseins.

Mais depuis si longtemps parmi les foules j'erre
Sans rencontrer un frère et pas même un cousin,
Qu'en tout bien tout honneur je ne saurais moins faire
Que de vous proposer un verre sur le zinc.

Acceptez sans façons ! Nous nous connaissons d'Ève
Et d'Adam. Il suffit. Chère amante, je lève
Ma coupe en bénissant le soir qui nous unit.

A défaut de l'amour et de la foi qui sauve
Je vous offre ce cœur, bon compagnon d'alcôve
Et complice discret dans le désert d'un lit.

VIII

Vous savez que le vin des anges
Peut seul flatter notre gosier.
Au lieu d'aller à vos vendanges,
Asseyons-nous sur nos paniers.

Vos jeux nous restent lettre morte ;
Votre amour nous est un affront.
Fumons la pipe au seuil des portes
Et vers l'azur faisons des ronds.

Nous voulons vivre dans les marges ;
Il ne faut pas nous déranger.
Promenons-nous de long en large
Et sifflotons des airs légers.

IX

Avec nos grands airs de batteurs d'estrade,
Nos yeux insolents et ce ton narquois,
Nous sommes, au fond, des enfants malades
Qui faisons les fiers sans avoir de quoi.

C'est, il faut le dire, une triste chose,
Quand la vie est lourde à notre front las,
Que d'user son temps à chercher la pose
Pour mieux étonner les gens d'ici-bas,

D'autant que, déçus en nos attitudes
Et sachant fort bien que nul ne nous croit,
Nous n'arrivons plus, malgré l'habitude,
A dissimuler nos cœurs mis en croix.

IV

CHANSONS SENTIMENTALES

I

Votre rire est éclatant
Comme un bel oiseau des Iles.
Mais à rire on perd son temps,
O ma sœur, ma sœur fragile !

Vous savez des jeux plus fous
Que celui de « pigeon-vole ».
C'est un mauvais point pour vous,
O ma sœur, ma sœur frivole !

Vous manquez de sérieux
Et de vertus ménagères.
Vous n'irez jamais aux cieux,
O ma sœur, ma sœur légère !

II

Pourquoi ces mains, dont vous ne faites
Qu'un usage absolument vain?
    Mais quelle fête,
Quand je saisis leurs doigts divins!

Pourquoi ces yeux où ne réside
Rien du tout, pas même l'ennui?
    Mais quel suicide
Que de les perdre dans la nuit!

Pourquoi ces lèvres d'où j'écoute
Tomber des mots sans intérêt?
    Mais quelle absoute
Leur seul baiser me donnerait!

III

Le rire clair, l'âme sans reproche,
Un regard pur comme du cristal,
Elle viendra, puisque c'est fatal!
Moi, je l'attends les mains dans les poches.

A tout hasard, je me suis pourvu
D'un stock d'amour et de prévenances,
N'oubliant point qu'en cette existence
Il faut compter avec l'imprévu.

Tu n'auras donc, petite vestale,
Qu'à t'installer un jour dans mon cœur.
Il est, je crois, plus riche en couleur
Que ton album de cartes postales.

IV

Depuis tant de jours il a plu !
Pourtant, voilà que recommence
Un printemps comme on n'en voit plus,
Chère, sinon dans tes romances.

Adieu rhumes et fluxions !
Adieu l'hiver, saison brutale !
C'est, ou jamais, l'occasion
D'avoir l'âme sentimentale.

Que ne puis-je, traînant les pieds,
Et mâchonnant ma cigarette,
Cueillir pour toi, sur les sentiers,
De gros bouquets de pâquerettes !

V

Amie aux gestes éphémères,
Cher petit être insoucieux,
Je ne veux plus d'autre chimère
Que l'azur calme de tes yeux.

Pas besoin d'y chercher une âme !
De tels objets sont superflus.
Le seul bonheur que je réclame,
C'est de m'y reposer, sans plus.

Que m'importe l'horreur du vide ?
Je vais plonger, à tout hasard,
Ainsi qu'un nageur intrépide,
Dans le néant de ton regard.

LE RÊVE ET LA VIE

Comme il est loin le temps des Mille et une Nuits !
— Prends garde, mon enfant, tes marrons sont trop cuits.

J'aurais eu, n'est-ce pas, de grands airs en Sultane ?
— Avant de te coucher, n'oublie pas ma tisane.

Et puis Venise, avec le cri des gondoliers !
— A propos, n'a-t-on pas rapporté mes souliers ?

Un poète m'a dit qu'il était une étoile...
— Ferme la porte et mets du charbon dans le poêle.

VI

Cette enfant, où s'en va-t-elle,
Souriant presque et pourtant
Triste comme une hirondelle
Qui n'a pas fait le printemps ?

D'où vient que le vent lui laisse,
En glissant dans ses cheveux,
Le désir d'une caresse
Ou le regret d'un aveu ?

O misère de misère !
Elle a lu trop de romans.
La faute en est à sa mère ;
Mais aussi, quel châtiment !

VII

Chère, les jours sont révolus
De nos tendresses illusoires.
Adieu ! Surtout n'y songe plus ;
Je n'en parle que pour mémoire.

Oui, de ton cœur j'ai fait le tour ;
Ce fut un jeu sans importance.
Tu peux reprendre ton amour,
Je garde mon indifférence.

V

CONFIDENCES

I

Je suis un être de sang-froid
Obéissant aux convenances,
Pas plus méchant que l'on ne croit
Et pas meilleur que l'on ne pense.

Insouciant bien qu'obstiné,
Je suis doux comme Robespierre
Et je voudrais guillotiner
Ceux dont la tête m'exaspère.

Car, dans ce monde, j'ai souffert,
Plus que la chose n'est permise,
Des gens grossiers, des mots amers,
Et de l'éternelle Bêtise.

Aussi bien, je me sens à bout !
Oh ! s'en aller, le cœur allègre,
Tailler des flûtes de bambou
Dans les pays où sont les nègres !

II

Vois-tu, c'était trop beau, ma pauvre âme, vois-tu !
Pourtant, et tout d'abord, la volonté fut bonne ;
Mais nous n'étions pas faits pour jouer la vertu
Et nous avons laissé tomber notre couronne !

Que dirai-je de plus, ma pauvre âme ? Dirai-je
Qu'on peut toujours recommencer le même effort ?
Les pieds de tant de gens ont sali notre neige,
Qu'il faut s'y résigner, son éclat est bien mort !

Que dirai-je de plus, pauvre âme, que dirai-je ?

PROMENADE

Eh! jeune homme distingué,
Nourrisson des belles-lettres,
Ne va pas te fatiguer
A chercher ta raison d'être!
C'est assez
Ressasser
Des bêtises dans ta tête!
Descends plutôt au bord des quais
Fumer ta cigarette.

Vois, d'abord, comme il fait noir,
Ce soir,
Tout le long, le long des bateaux-lavoirs.
Vois comme il ferait bon
Sous les arches des ponts
Pour un cœur vagabond
Qui ne veut plus d'histoires!

La nuit d'été
Sur la cité,

La Seine sans bateaux-mouches,
Le petit
Clapotis
Du courant contre les bains-douches,
— Le tout sous la clarté stellaire ! —
Pareil spectacle est bien fait pour te plaire.

Et puis, voici
L'île Saint-Louis,
La plus tranquille,
La plus déserte de toutes les îles,
Sans Robinson, sans Vendredi,
Vaisseau manqué, jamais parti
Vers les Antilles !

Fais-en le tour, fais-en le tour,
Et reconnais ton âme-sœur,
Car elle garde avec amour,
Au fond du cœur,
Le cri d'adieu des remorqueurs.

Allons, bon jeune homme, va-t'en,
Pour un instant,
Puisque ta journée est finie,
Donner cours à tes sentiments
Sous la voûte du firmament.

Demain, faudra gagner ta vie...

ÉPITAPHE

Un peu plus tôt, un peu plus tard,
Lorsque viendra mon tour, un soir,
Amis, au moment du départ,
En chœur agitez vos mouchoirs !

Un peu plus tard, un peu plus tôt,
Puisqu'il faut en passer par là,
Vous mettrez sur mon écriteau :
« Encore un fou qui s'en alla ! »

CETTE ÉDITION
ACHEVÉE
D'IMPRIMER
PAR
HÉRISSEY
A ÉVREUX
LE VINGT-HUIT NOVEMBRE
MIL
NEUF CENT VINGT
SIXIÈME ANNIVERSAIRE DE LA MORT
DE JEAN DE LA VILLE DE MIRMONT
COMPREND DEUX CENT CINQUANTE
EXEMPLAIRES NUMÉROTÉS
SUR VÉLIN DES PAPETERIES
LAFUMA

EXEMPLAIRE NUMÉRO

www.ingramcontent.com/pod-product-compliance
Ingram Content Group UK Ltd.
Pitfield, Milton Keynes, MK11 3LW, UK
UKHW022102170726
13837UKWH00003B/1049

9 782329 219455